EL PEQUEÑO DRÁCULA

Textos e ilustraciones:
Martín Morón

EDICIONES

Lea

Una noche, al despertar, el pequeño Conde Drácula se miró al espejo y vio algo en su boca que comenzó a preocuparlo. Dos dientes, ¡los colmillos!, empezaban a asomarse. "Esto no es normal", pensó y siguió pensando, y no dejó de pensar.

Pasaron los días, mejor dicho las noches, y el pequeño Conde se volvió a mirar. Sus colmillos se asomaban, esta vez, un poquito más. "Esto se ve muy mal" pensó y seguió pensando, y no dejó de pensar.

Pasaron las noches y los días, y el Conde se volvió a mirar. Sus colmillos habían crecido otro poquito más. "Esto es un gran problema" pensó. Pero esta vez, no podía sólo pensar.

Inmediatamente se decidió y fue a visitar a una dentista, ¡que se asustó mucho! "¿A esta hora de la noche quiere que lo atienda, no puede esperar a que salga el sol?" dijo ella, pero el pequeño Conde mucha importancia no le dio.

Se presentó y le explicó su problema con claridad. Y la dentista, después de observar, le dijo: "me parece que te puedo ayudar".

Le colocó en la boca un montón de aparatos muy extraños.

–No te preocupes, con los años, te vas a acostumbrar –dijo ella como en broma, aunque era una broma sin nada de gracia.

Y los aparatos eran muy molestos, incómodos de verdad.

No dolían pero le hacían sentir que algo en su boca empezaba a cambiar. Poco a poco iba cambiando y, un tiempo después, se empezó a notar. Pasaron los días con sus noches, las semanas y los meses. Cada tanto, el pequeño Conde visitaba a la dentista.

Hasta que llegó el gran día, mejor dicho, la gran noche. La dentista miró y dijo: "me parece que esto ya está". Y esta vez, al ver sus dientes, el pequeño Conde Drácula opinó:

¡Ahora sí que me gusta! ¡Esto está mucho mejor!